JULIAN PRESS
FINDE DEN TÄTER
Jagd auf Dr. Struppek

JULIAN PRESS
FINDE DEN TÄTER

Jagd auf Dr. Struppek

cbj ist der Kinder- und Jugendbuchverlag
in der Verlagsgruppe Random House

*Für meinen Kollegen Hubert,
mit dem ich gemeinsam
auf literarischen Pfaden wandere
und mich eine wunderbare
Freundschaft verbindet.*

Verlagsgruppe Random House FSC® N001967
Das für dieses Buch verwendete FSC®-zertifizierte Papier *Munken Cream*
liefert Arctic Paper Munkedals AB, Schweden.

Gesetzt nach den Regeln der Rechtschreibreform

3. Auflage
© 2011 cbj, München
Alle Rechte vorbehalten
Umschlagbild und Innenillustrationen: Julian Press
Lektorat: Bertrun Jeitner-Hartmann
Umschlagkonzeption: basic-book-design, Karl Müller-Bussdorf
SaS • Herstellung: UK
Satz und Reproduktion: Uhl + Massopust, Aalen
Druck: Westermann Druck, Zwickau
ISBN 978-3-570-15310-9
Printed in Germany

www.cbj-verlag.de

Wie immer machten Philipp, Flo und Carolin auf dem Weg zur Schule einen Abstecher zum Süßwarengeschäft in der Taubengasse Nr. 23, um bei Leo ihre Leckereien für die Schulpausen zu kaufen. Auch Kriminalkommissar Lars teilte die Leidenschaft für die Lakritzstangen. Außerdem hatten sie alle eine Vorliebe für ungelöste Detektivfälle. Das Taubenatelier, im ersten Stock über Leos Lakritzladen direkt unter dem ausgebauten Dach gelegen, war Treffpunkt der Lakritzbande.

 Als Ladeninhaber und Detektiv ist Leo auch Kopf der Bande.

 Carolin, kurz Caro, ist sportlich ein Ass und sie kombiniert blitzschnell.

 Kriminalkommissar Lars tüftelt gern am Computer.

 Florentin ist der kleinste von allen. Deshalb wird er Flo genannt.

 Philipp beherrscht die Vogellaute. Sein treuester Begleiter ist Coco, der Kakadu.

Roter Butt auf Diebestour
1. Diebstahl am helllichten Tag

Es passierte ganz schnell!«, erzählte der Strandwart der Lakritzbande und berichtete von dem Diebstahl einer Fotokamera, die vor nicht einmal zwanzig Minuten einer Frau entwendet worden war. »Eine Frau in einem kurzärmeligen, gepunkteten Kleid kam auf mich zugelaufen und hielt mir ihre gestreifte Strandtasche entgegen, aus der eine Fotoausrüstung entwendet worden war«, fuhr er fort. »Aber am besten wird es sein, wenn ihr das Opfer selbst befragt!« Irritiert schaute sich der Strandwart um und überlegte, ob die Frau den Strand vielleicht schon verlassen habe.

»Nein, sie ist noch ganz in unserer Nähe! Ich denke, dort drüben, das ist sie!«, bestätigte Flo, nachdem er sich in der Menschenmenge umgeschaut hatte und auf einen der Hinweise des Strandwarts aufmerksam geworden war.

»Worauf warten wir dann noch? Nichts wie hin!«, meinte Philipp munter.

Wo vermutete Flo die gesuchte Frau?

2. Auf der Strandpromenade

Zielsicher steuerte Flo mit seinen Freunden auf die Person zu, die im Strandkorb mit der Nummer 23 saß und in ihren Händen die gestreifte Strandtasche hielt, von der der Strandwart zuvor berichtet hatte. Es handelte sich dabei tatsächlich um die Frau, die Opfer des geschilderten Diebstahls geworden war. Sie schien aufgelöst und konnte den jungen Detektiven kaum weiter Nennenswertes über den Tathergang mitteilen.

»Es muss an der Strandbuhne inmitten der vielen Menschen passiert sein«, erzählte die Frau gerade, als sich eine weitere Person zu ihnen gesellte.

»Vielleicht kann ich Ihnen helfen«, mischte diese sich ein und stellte sich als Strandfotograf vor. »Dieses Foto habe ich vorhin aufgenommen und darauf den Diebstahl meisterhaft mit meiner Kamera festgehalten!«, fuhr der Fotograf fort und hielt das Beweisstück in seinen Händen.

»Nur zu schade, dass Sie lediglich die Hosenbeine des Diebes abgelichtet haben!«, entgegnete Philipp, der sich ein Grinsen nicht verkneifen konnte.

»Immerhin gibt es eine erste Spur«, meinte Flo und spielte auf den kleinen gefleckten Hund auf dem Foto an, »vielleicht kann der uns weiterhelfen.«

»Ob er wohl dem Täter gehört?«, fragte Philipp, als Caro ihn plötzlich am Arm rüttelte.

»Das wird sich gleich herausstellen. Guckt mal! Wenn das kein Zufall ist!«, flüsterte Caro ihren Freunden zu.

Kurz darauf liefen sie die Strandpromenade entlang.

 Was war Caro aufgefallen?

3. Unter heißer Sonne

Das muss der Hund sein!«, behauptete Caro und zeigte auf den Vierbeiner, der zu Füßen seines Herrchens unter einem Tisch im Café »Zum goldenen Anker« saß.

»Vielleicht ist er doch misstrauisch geworden«, warf Flo ein, denn als er mit seinen Freunden beim Café erschien, hielten sie vergebens nach der verdächtigen Person Ausschau.

»Pech für uns, dass er sein Gesicht hinter einer Zeitung verborgen hatte«, meinte Caro enttäuscht.

»Immerhin, seinen Hund haben wir ausfindig gemacht!«, antwortete Flo aufmunternd.

»Stellt euch vor, da hinten läuft er!«, platzte Caro heraus und wies auf die gesuchte Person.

Gefolgt von seinem Vierbeiner, lief der Mann gerade mit großen Schritten die enge Gasse entlang. Die Lakritzbande hastete hinterher.

»Ob wir ihn hier finden werden?«, zweifelte Flo, als er mit seinen Freunden an den Strandburgen eintraf.

Die Detektive schauten sich um.

»Los, kommt mit, dort sind seine schwarz-weißen…«, Philipp hielt den Atem an. Er war auf etwas aufmerksam geworden und rannte zielstrebig voran.

 Welche Beobachtung machte Philipp?

4. Gegen den Wind

Es waren die schwarz-weißen Seglerschuhe des gesuchten Mannes, die Philipp am Eingang der Strandburg mit der Aufschrift »Roter Butt« entdeckt hatte.

»Von dem Kerl ist allerdings nichts zu sehen. Aber immerhin gibt es hier noch einen Seesack, einen Sonnenschirm und zwei Handtücher!«, konstatierte Caro, als sie vor Ort in die Strandburg schaute.

Weitere Überlegungen der Lakritzbande wurden jäh von einem Aufschrei unterbrochen.

»Hinterher! Da muss etwas passiert sein!«, trieb Philipp seine Freunde an.

Aus den Wortfetzen, die ihnen der Wind herübertrug, erahnten die drei Detektive, dass jemand ein kleines Motorboot entwendet haben musste.

»Dort ist er entlanggebraust! Den Namen des Bootes habe ich in der Eile nicht mehr lesen können, aber am Bug habe ich eine weiße Fahne wehen sehen«, ereiferte sich ein alter Kapitän und deutete mit seinem Gehstock auf die kleine Meerenge vor dem Strand.

Ohne Zeit zu verlieren, lief die Lakritzbande den schmalen Pfad oberhalb der Dünen entlang und erreichte eine halbe Stunde später eine von Felsklippen umsäumte Hafenmole.

»Keine Menschenseele«, stellte Flo fest, der mit seinen Freunden vom Wanderweg auf den Strand hinunterschaute.

»Stimmt«, bestätigte Caro, »aber zumindest ist der Gesuchte bereits hier gewesen. Und ich verrate euch jetzt, wie das gestohlene Boot heißt.«

Welchen Namen trägt es?

5. Pluto gesichtet

Kommt mit, da liegt es!«, rief Caro und lief ihren Freunden voraus. Sie hatte das gesuchte Boot »Pluto« entdeckt. Es lag verlassen und vertäut zwischen anderen kleinen Schiffen an der Hafenmole.

»Sieht ganz so aus, als ob der Dieb schon über alle Berge ist!«, meinte Caro, als sie mit ihren Freunden kurz darauf von der Kaimauer aus das Boot inspizierte. »Ein Rettungsring, eine Boje, Ruderblätter, Schiffseile und ein Benzinkanister. Lauter Bootsutensilien!«, stellte sie unzufrieden fest.

»Wohl Fehlalarm! Hier werden wir keine weitere Spur des Diebes finden!«, meinte Philipp enttäuscht.

»Aber seht doch! Etwas hat er vermutlich in der Eile auf dem gestohlenen Boot liegen lassen«, rief Flo und machte Philipp und Caro auf einen zerbrochenen Gegenstand aufmerksam.

 Was entdeckte Flo?

6. Die alte Schiffermütze

Eine zerbrochene Meerschaumpfeife!«, meinte Flo und zeigte auf die beiden Teile am Heck des Bootes, die unterhalb des Motors zwischen dem Schiffstau lagen. Er wollte gerade von der Kaimauer aus ins Boot springen, als er durch das Krächzen von Coco abgehalten wurde.

»Warum ist er so unruhig?«, fragte sich Philipp, als er seinen treuen Begleiter aus der Luft im Sturzflug auf etwas zusteuern sah. Unweit des Bootes »Pluto« hatte der Kakadu eine vom Meerwasser durchtränkte Schiffermütze entdeckt und beförderte sie nun mit seinem Schnabel auf die Kaimauer.

»Ob die gesuchte Person sie verloren hat?«, fragte Flo.

»Vielleicht hat der starke Wind uns Glück gebracht!«, entgegnete Caro und inspizierte die Mütze. »Schaut mal«, fuhr sie fort, »da sind verwaschene Initialen auf der Innenseite der Krempe zu sehen!«

»O. W.!«, entzifferte Flo und grübelte.

»Meint ihr, dass der dort sie vielleicht verloren hat?«, bemerkte Philipp und deutete mit einer Kopfbewegung in Richtung Hafenpromenade.

Auf wen spielte Philipp an?

7. Souvenirs, Souvenirs...

Philipps Blick war auf den Souvenirladen am Hafen gefallen, der von einem gewissen Otto Wolpers geführt wurde.

»Lasst uns doch mal nachschauen!«, ermunterte Flo seine beiden Freunde und lief voran.

Vor dem Schaufenster des Geschäfts drückten sich die drei Detektive die Nasen platt.

»Lauter Krimskrams für Touristen!«, murmelte Philipp enttäuscht.

»Wenn Otto Wolpers hier wenigstens Meerschaumpfeifen verkaufen würde, gäbe es vielleicht einen Zusammenhang zum gestohlenen Boot ›Pluto‹!«, entgegnete Flo.

»Damit hast du den Nagel auf den Kopf getroffen!«, bemerkte Caro. »Denn schaut mal, hier in der Schaufensterauslage gibt es tatsächlich eine!«

Wo entdeckte Caro eine Meerschaumpfeife?

8. Vom Leben am Strand und im Meer

Vor dem Geschäft stehend, hatte Caro im Schaufenster hinten rechts genau so eine Meerschaumpfeife gesehen, wie die Detektive sie zuvor im gestohlenen Boot entdeckt hatten!

»Ob Otto Wolpers tatsächlich das Schiff geklaut hat?«, wollte Flo wissen.

»Das werden wir noch herausfinden!«, antwortete Caro und schlug vor, sich in dem Geschäft einmal umzusehen.

Die drei Detektive betraten den Souvenirladen, in dem sie bereits ein Mann vom Tresen aus aufmerksam beäugte.

»Was wollt ihr Steppkes denn?«, empfing er Philipp, Flo und Carolin.

»Wir würden uns gern einmal die Meerschaumpfeife anschauen, die Sie …«, Caro verschluckte die letzten Worte, als sie merkte, wie sie plötzlich misstrauisch von Otto Wolpers angeschaut wurde.

Geistesgegenwärtig ergriff Philipp das Wort: »Wir wollen uns natürlich Ihr Heimatmuseum einmal anschauen! Für den Biounterricht kann man ja nie genug lernen.«

Ein entsprechendes Hinweisschild hatte er zuvor am Verkaufstresen entdeckt und trug damit entscheidend bei, die heikle Situation zu entschärfen. Caro war erleichtert.

Sie betraten den kleinen Raum »Vom Leben am Strand und im Meer« und betrachteten die Vitrine mit den präparierten und ausgestopften Tieren.

»Alles klar!«, kam es ohne viel Zögern von Flo. »Von Strandtieren hat Wolpers jedenfalls keine Ahnung!«

 Auf welche drei Tiere spielte Flo an?

9. Roter Butt – bitte melden!

»**K**larer Fall von Inkompetenz! Am Strand gibt es weder einen Specht, ein Eichhörnchen noch eine Eule«, grinste Flo.
Der Wissensdurst der Detektive war daraufhin rasch gestillt. Sie wandten sich dem Ausgang zu. Doch dann hielten die drei noch einmal inne, weil sie unbeabsichtigt Zeugen eines Telefonats wurden, das Otto Wolpers führte.
»Roter Butt – bitte melden, Achtung, Leuchtfeuer!«, das waren die knappen Worte des Ladeninhabers, bevor er bei Erscheinen der Kinder abrupt das Gespräch beendete und den Telefonhörer auflegte.
»Euer Interesse für Heimatkunde hat sich ja schnell gelegt«, brummte er die jungen Detektive an.
»Ja, wir wissen schon mehr, als Sie ahnen!«, antwortete Philipp forsch und bedeutete seinen Freunden, den Souvenirladen unverzüglich zu verlassen.
»Wovon mag der Mann am Telefon gesprochen haben?«, fragte Flo, als die Detektive außer Reichweite des Ladenbesitzers waren.
»Das in Erfahrung zu bringen, wird unsere nächste Aufgabe sein!«, bemerkte Philipp beschwingt.
»Wenn von einem Leuchtfeuer die Rede ist, sind meist Leuchttürme gemeint«, gab Caro zu bedenken. Dabei entfaltete sie eine Landkarte und zeigte auf alle neun verzeichneten Leuchttürme.
»Alle sind noch in Betrieb – bis auf einen!«, meinte Philipp.
»Stimmt genau«, pflichtete Caro ihm bei, »und genau den werden wir zu allererst unter die Lupe nehmen!«

 Welcher Leuchtturm war gemeint?

10. Ein großer Fang

Schnurstracks begaben sich Philipp, Flo und Carolin zum »Hotel Hering«, das in dem einzig stillgelegten Leuchtturm untergebracht war, der zwischen Häusern versteckt lag und somit keine Lichtsignale mehr in die Küstenregion aussenden konnte.
»Rasch hinter den Tresen!«, rief Philipp gerade noch rechtzeitig, nachdem er entdeckt hatte, dass der Souvenirladenbesitzer Wolpers schnellen Schrittes auf das Hotel zukam.
»Wieder eine fette Diebesbeute!«, flüsterte Caro, der das Stöhnen des treppauf steigenden Mannes mit seinem großen Seesack auf dem Rücken nicht entgangen war.
Eine Tür im ersten Stock öffnete sich und Wolpers verschwand. Die Lakritzbande schlich hinterher und lauschte. Dem Wortwechsel war zu entnehmen, dass Otto Wolpers wohl erneut mehrere Touristen um ihre Wertsachen erleichtert hatte.
»Jetzt haben wir sie!«, flüsterte Flo.
In diesem Augenblick wurde die Zimmertür aufgerissen.
»Was habt ihr hier zu schnüffeln!«, fauchte Wolpers die Detektive in barschem Ton an. Sein Blick verfinsterte sich noch mehr, als ihm bewusst wurde, dass er die Kinder bereits kannte.
»Wir wissen Bescheid!« Philipp trat ihm entgegen. »Ihre Diebestouren werden jetzt ein Ende haben!«
»Wovon redet ihr?«, versuchte Wolpers zu beschwichtigen.
»Das wissen Sie genau«, meldete sich Caro zu Wort. »Vor Kurzem haben Sie beispielsweise eine Fotokamera gestohlen!«
»Dummes Zeug!«, zischte eine Frau die Detektive aus dem Hintergrund an. »Wir haben keine Kamera!«
»Die Frau lügt! Dort liegt eine«, flüsterte Flo Philipp zu.

 Wo war die Kamera?

11. Fund in den Dünen

Habt ihr die Räuberhöhle gesehen?«, platzte Flo heraus, nachdem er zusammen mit Philipp und Carolin von Wolpers unsanft die Treppe hinunterbefördert worden war.
»Die Kamera lag zwischen den vielen Sachen neben dem Kopfkissen auf dem Bett!«, war sich Flo sicher.
Vor dem ehemaligen Leuchtturm »Hotel Hering« beratschlagte die Lakritzbande ihr weiteres Vorgehen.
Als sie das Ganovenpärchen die eisernen Treppenstufen des Leuchtturms hinabsteigen hörte, versteckte sich die Lakritzbande in Windeseile und beobachtete, wie sich die beiden mit Sack und Pack davonmachten.
»Vermute, die beiden Ganoven haben jetzt kalte Füße bekommen«, meinte Philipp.
Lars und Leo waren bereits benachrichtigt worden, aber noch nicht eingetroffen, sodass Otto Wolpers und seine Komplizin ungehindert das Weite suchen konnten.
»Wir dürfen die Ganoven nicht aus den Augen verlieren«, meinte Caro, die beobachtete, wie die beiden auf den Strand zuliefen.
Um nicht erneut ins Blickfeld der Stranddiebe zu geraten, folgten Philipp, Flo und Carolin den beiden Ganoven aus sicherer Entfernung. Aber plötzlich verlor sich deren Spur hinter einer Düne, wo die Detektive lauter Unrat entdeckten.
»Ob sie hier ihr Schuhwerk verloren haben?«, fragte sich Caro.
»Sicher nicht. Lasst uns dort weitersuchen!«, empfahl Flo.
»Nein, dorthin!«, korrigierte ihn Philipp. »Es gibt einen wertvollen Beweis, der nicht zu übersehen ist.«

Worauf war Philipp aufmerksam geworden?

12. Diebe auf getrennten Wegen

Könnten echte Rubine sein!«, mutmaßte Philipp, der die Kette links vom Schild »Betreten verboten« zwischen den Gräsern in den Dünen entdeckt hatte und sie jetzt mit leuchtenden Augen in den Händen hielt.
»Klar, sicher hat Wolpers die Kette eben erst hier verloren!«, stimmte Caro zu. Die Lakritzbande hatte die Dünen verlassen und steuerte auf den langen Strandabschnitt zu. Erneut ins Visier der Detektive geraten, war das Ganovenpärchen gerade dabei, die Beute auf ein Motorboot zu verladen.
Wolpers sprang beim Herannahen der Lakritzbande in das Boot und startete den Motor. Seine Komplizin wiederum war noch einmal umgekehrt, um einen letzten Seesack zu holen. Die Situation wurde brenzlig, Wolpers steuerte instinktiv auf das offene Meer zu. Seine Komplizin saß in der Falle. Sie schien vom Erscheinen der Lakritzbande überrascht zu sein und versuchte, mit ihrer Beute unbemerkt zu verschwinden. Flo war aber nicht entgangen, wo sie so schnell ein Versteck gefunden hatte.

 Wo hielt sich die gesuchte Frau auf?

13. Tide lässt grüßen

»Da kommt schon Verstärkung!«, rief Philipp erleichtert und winkte Lars und Leo zu, die den Weg zu ihnen gefunden hatten.
»Dort ist die Frau!«, rief Flo ihnen sogleich entgegen.
Wolpers Komplizin hielt sich unter dem Ruderboot »Togo« versteckt. Während sie zur weiteren Vernehmung auf das Kommissariat mitgenommen und der Seesack mit den Beutestücken sichergestellt wurde, blieb der Drahtzieher Wolpers zunächst unauffindbar.

»Mit Sicherheit ist er dort hinübergefahren«, war Philipp überzeugt und zeigte auf die gegenüberliegende Uferseite. Der Höchststand der Flut war bereits überschritten, der Gezeitenwechsel stand bevor.
»Hier im nahen Küstenbereich ist die Fahrrinne recht unübersichtlich. Verflixt! Andererseits verlieren wir zu viel Zeit, wenn wir auf die Ebbe warten, um zu Fuß über das Watt zu laufen«, ärgerte sich Flo.
»Stimmt! Bis zum Tiefststand der Ebbe müssten wir noch viel zu lange warten«, entgegnete Caro, die eine treffsichere Beobachtung gemacht hatte.

Wie lange müssten die Detektive warten?

14. Hafenmole Heringsdorf

Caros Augenmerk war auf die Boje im Meer gefallen. Da der Gezeitenwechsel etwa alle sechs Stunden eintritt und die Boje bereits senkrecht im Wasser zu sehen war, verblieben etwa noch drei Stunden bis zum Tiefststand der Ebbe.
»Sie kommen wie gerufen«, rief Philipp einem Bootsmann zu, der zufällig mit seinem Motorschiff vorbeituckerte. Er setzte die Lakritzbande dann auch bereitwillig zum gegenüberliegenden Ufer an die Hafenmole von Heringsdorf über.

Philipp, Flo und Carolin durchkämmten den kleinen Fischerort.
»Tatsächlich! Da ist er!«, rief Caro, als sie plötzlich Wolpers erneut mit einem schweren Sack auf seinen Schultern auf dem Küstenweg sichtete.
»Dieses Mal wird er uns nicht durch die Lappen gehen«, war sich Philipp sicher.
Kurze Zeit später stellte die Lakritzbande Wolpers zur Rede.
»Wir haben Sie genau beobachtet!«, entgegnete Philipp.
»Was wollt ihr schon wieder von mir?«, rief Wolpers überrascht, grinste aber sogleich bis über beide Ohren. »Ich habe doch nichts verbrochen!«
»Tun Sie nicht so scheinheilig, rücken Sie die Diebesbeute heraus!«, rief Caro ihm zu.
»Ich weiß überhaupt nicht, wovon ihr redet«, entgegnete Wolpers und streckte ihr seine leeren Hände entgegen.
»Sie werden uns nicht mehr an der Nase herumführen! Ich weiß genau, wo Sie den Seesack mit der Diebesbeute versteckt haben!«, trumpfte Philipp auf.

? Wo vermutete Philipp die Diebesbeute?

Das Gespenst vom Eulenmoor
1. Vorfall in der Henkergasse

Philipp war das Boot »Aron« aufgefallen, das bei Ankunft der Lakritzbande am Hafenkai tiefer im Wasser lag als zuvor. Bei der Durchsuchung des Schiffes konnte die gesamte Diebesbeute sichergestellt werden. Die Abendzeitung titelte: »Roter Butt ausgehoben!«

Am darauffolgenden Tag war die Lakritzbande gerade in der Henkergasse unterwegs, als sie plötzlich einen Aufschrei vernahm.

»Beeilt euch, wir müssen ihr helfen!«, rief Philipp und rannte zu einer Frau, die neben ihrem Fahrrad auf der Straße lag. Sie weinte bitterlich und stammelte nur, »es machte huhuu-huhuu... und dann war es verschwunden!«

»Vermutlich wird es ein Auto gewesen sein«, flüsterte Flo seinen Freunden zu, erschrak aber, als er von der Frau heftig am Arm gepackt wurde.

»Hör gut zu, mein Kind, ich weiß genau, was ich gesehen habe. Ich bin doch nicht blöd. Es war kein Auto, es war ein Gespenst!«, fauchte sie Flo unwirsch an.

Die Lakritzbande sammelte die Einkäufe der Frau auf, lege sie in den Korb und half ihr dann aufs Rad. Nur ihr treuer Hahn Rasputin hatte das Weite gesucht.

»Wer glaubt schon an Gespenster!«, beharrte Flo später.

»Immerhin hatte Rasputin wirklich das Weite gesucht, schaut, dort ist er!«, meinte Caro.

 Wo war Rasputin?

2. Die Mär von einem Gespenst?

Obwohl der Hahn tatsächlich auf einem Wellblechvordach des Hauses Nr. 9 ausfindig gemacht worden war, blieben die Meldungen der örtlichen Presse sehr verhalten darüber, dass tatsächlich ein Gespenst für den Unfall der alten Dame verantwortlich sein könnte.
»Manchmal wird man im Alter eben wunderlich«, bemerkte Flo, der am Gemütszustand der Frau zweifelte. Die Lakritzbande hatte sich am nächsten Tag zum Tatort zurückbegeben, um der Sache noch einmal auf den Grund zu gehen. Die Suche führte sie weiter bis zur Burg vom Eulenmoor. Die Dämmerung hatte bereits eingesetzt, ohne dass die jungen Detektive irgendetwas herausgefunden hatten, was tatsächlich den Sturz der Frau mit ihrem Fahrrad ausgelöst haben könnte.
»Vermutlich hat Flo recht«, meinte Philipp, »Gespenster gibt es genauso wenig wie Einhörner...«
»Potz Blitz!«, fiel Flo seinem Freund plötzlich ins Wort. »Schaut, dort drüben, da ist tatsächlich ein Gespenst!«

 Wo entdeckte Flo das Gespenst?

3. Ein Knall am Morgen

»Träume ich oder ist dort tatsächlich ein Gespenst?«, rief Flo. Das weiße Ungetüm bäumte sich schemenhaft zwischen den Ästen der beiden Tannen auf, bevor es ebenso schnell verschwand, wie es erschienen war.
»Es ist in Richtung Burg entschwunden«, war sich Flo ganz sicher.
Kurz darauf erreichte die Lakritzbande den Innenhof der mit Türmen und Erkern umsäumten Anlage und hielt Ausschau nach dem Ungetüm.

»Hier soll ein Gespenst zu finden sein?«, fragte Philipp zweifelnd.
Die Lakritzbande suchte jeden Winkel ab, um auf die Spur des Gespenstes zu kommen, aber da war rein gar nichts. Philipp, Flo und Carolin befanden sich bereits im Innern des Burghofes, als sie plötzlich einen dumpfen Knall vernahmen. Die drei Detektive horchten auf.
»Was war das?«, rief Caro.
»Es kam von hier!«, war Philipp überzeugt.
Durch die Butzenscheiben einer Terrassentür versuchten die drei, einen Blick in den düsteren Raum zu werfen.
»Was mag dort passiert sein?«, fragte Flo.
»Klarer Fall, ich weiß, was den Knall ausgelöst hat!«, antwortete Philipp.

  **Was war passiert?**

4. Der Schrecken von nebenan

Fest stand, der Knall wurde durch den Fall einer Vase ausgelöst, die nun aus einem noch unerklärlichen Grund in Scherben auf dem Boden lag.
»Ob die Vase durch eine Erschütterung heruntergefallen ist?«, fragte sich Caro.
»Mit Sicherheit nicht, da muss jemand nachgeholfen haben«, ergänzte Philipp.

Die Lakritzbande pochte an die Tür, aber niemand öffnete. Philipp, Flo und Carolin schlichen um das alte Gemäuer und versuchten, von einer Treppe der Gartenseite aus einen Blick in die dunklen Räume der Burg zu erhaschen. Entschlossen drückte Caro den Knauf der kleinen Tür und tatsächlich ließ sie sich öffnen.
»Niemand zu sehen«, meinte Philipp.
»Da irrst du dich aber«, entgegnete Caro, »dort ist jemand!«

 Wo entdeckte Caro eine Person?

5. Der Fluch vom Eulenmoor

»Sie ist bewusstlos«, stellte Caro fest, nachdem sie den Puls gefühlt und vergeblich versucht hatte, die auf dem Sessel sitzende Person anzusprechen.

»Schon merkwürdig«, stellte Philipp klar, »das ist dieselbe Frau, die neulich vom Fahrrad gestürzt ist.«

Erstmals begann die Lakritzbande sich zu fragen, ob es nicht tatsächlich jemanden geben könnte, der es ernsthaft darauf abgesehen hatte, die Frau hier stets von Neuem in Schrecken zu versetzen.

»Sie kommt langsam zu sich«, bemerkte Caro nach geraumer Zeit.

»Komisch, sie redet schon wieder ständig von einem Gespenst.« Flo runzelte die Stirn.

»Ich hab's gesehen«, stammelte die Frau, »mit meinen eigenen Augen!« Dann begann sie, das Geheimnis ihrer Familie zu lüften, und erzählte: »Schon mein Urgroßonkel hatte seinerzeit von Gespenstern berichtet. Er wurde dadurch tatsächlich in den Wahnsinn getrieben!« Sie hob dabei bedeutungsvoll ihren linken Zeigefinger, während sie ergänzte: »In der Bibliothek muss noch irgendwo ein Buch darüber zu finden sein.« Sie fuchtelte mit ihren Händen herum.

Philipp, Flo und Carolin durchstöberten die Bücherregale.

»Wo kann das Buch nur sein?«, fragte sich Caro.

»Ich seh es!«, rief Flo. »Das dort muss es sein!«

Wo war das gesuchte Buch?

6. Schrecken ohne Ende

Es konnte nur das Buch mit dem Gespenst auf dem Titel gewesen sein, von dem die Frau berichtet hatte. Flo blätterte in dem Buch, das er auf dem Stapel unter dem runden Glastisch entdeckt hatte. Aufmerksam studierte die Lakritzbande die gespenstische Familiengeschichte, die sich schon vor Jahrzehnten im Eulenmoor zugetragen haben soll. Schnell wurde deutlich, dass es tatsächlich verblüffende Ähnlichkeiten zu geben schien zwischen dem damaligen Vorfall und der jetzigen Gespensterscheinung.

»Ob es tatsächlich dasselbe ist?«, fragte Flo seine Freunde irritiert.

»Ich habe noch nicht von einem Gespenst gehört, das hundertdreißig Jahre alt ist!« war Philipp überzeugt.

»Aber wenn es hier doch spukt?«, fügte Flo kleinlaut an. Unmittelbar nachdem Philipp, Flo und Carolin sich von der Frau verabschiedet hatten und im Begriff waren, die Burg zu verlassen, wurden sie erneut durch einen gellenden Schrei aufgeschreckt.

Die Lakritzbande stürmte in den ersten Stock des Turmes und fand die alte Dame in Panik vor. Sie rang nach Worten, doch Philipp wusste bereits, was dieses Mal die Gemütsverfassung der Frau so durcheinander gebracht hatte.

 Was war es?

7. Eine Gutenachtgeschichte

»Ganz klar«, flüsterte Philipp seinen Freunden zu, »solch ein Bettlaken hat man nicht alle Tage.«
Die Lakritzbande untersuchte das Laken unter der aufgeschlagenen Zudecke des Bettes. Fein säuberlich waren zwei große schmale Augen und ein sichelförmiger Mund auf das Laken gemalt worden.
»Die Farbe ist noch frisch, ein eindeutiger Beweis, dass der Übeltäter erst vor kurzer Zeit hier zugange gewesen sein muss!«, war sich Flo sicher, nachdem er mit einem Finger die Farbe berührt hatte.
»Vermutlich hast du recht«, ergänzte Caro, als sie mit ihren Freunden kurze Zeit später die über dem Schlafraum gelegene Dachkammer durchstöberte, »dort stehen auch noch die Utensilien!«

 Was entdeckte Caro?

8. Mitternachtsstunde

Caro war ein Pinsel mit schwarzer Farbe aufgefallen, der quer über einem geöffneten Farbtopf lag. Doch von dem Übeltäter fehlte jede Spur. Die alte Frau bat die Lakritzbande eindringlich, die Nacht bei ihr in der Burg zu verbringen.
Philipp, Flo und Carolin wurden in einer Mansarde unter dem Dach untergebracht. Der Wind pfiff durch die Ritzen der Dachpfannen, der Regen rann sintflutartig am Gaubenfenster herab. Die Lakritzbande bekam kein Auge zu.

Es war Punkt Mitternacht, als das Aufheulen einer Stimme ertönte. Flo saß sofort kerzengerade im Bett und stürmte dann zusammen mit Philipp und Carolin an das Fenster, um die Ursache herauszufinden.

»Da ist weit und breit nichts zu sehen!«, bemerkte Philipp. Er wollte schon wieder ins Bett gehen, als er von Flo zurückgehalten wurde.

»Aber schau! Auf dem Friedhof ist doch jemand«, wisperte Flo.

 Wo hielt sich um Mitternacht jemand auf?

9. Ein Laut im peitschenden Regen

Im prasselnden Regen war die gruselige Gestalt nur zu erahnen, die sich hinter einem der Grabsteine verbarg. Ihre beiden Hände hingegen, mit übernatürlichen, furchterregend spitzen, langen Fingern, umklammerten den Grabstein. Philipp, Flo und Carolin streiften sich ihre Klamotten über und hechteten die Treppe hinab.

»Das Gespenst ist schon über alle Berge. Nichts mehr zu sehen von ihm!«, rief Philipp enttäuscht, als er den Eingang des Friedhofs erreicht hatte.

Die Lakritzbande schlich um die Gräber. Auf dem Friedhof herrschte Totenstille.

»Wie vom Erdboden ver…«, sagte Flo gerade, als er jäh von einem Geräusch unterbrochen wurde. »Was war das?«, fuhr er fort.

Noch einmal lauschte die Lakritzbande dem lauten »Huhuuuuuhu«, bevor es vom Wind davongetragen wurde. Die Detektive schauten sich um. Im Schein des Mondes konnte Caro jetzt erkennen, wer den Ruf verursacht hatte.

 **Von wem kam der nächtliche Laut?**

10. Ein mysteriöser Sinnspruch

Dort ist der Übeltäter!«, rief Caro. Sie lächelte und zeigte auf einen Uhu, den sie im Mondschein zwischen den Tannenzweigen hatte sitzen sehen.

Von den Detektiven aufgeschreckt, flog der Nachtvogel jetzt mit seinen großen Schwingen davon.

Der nächste Morgen führte die Lakritzbande erneut zu den Gräbern auf dem Friedhof. Der nächtliche Regen hatte allerdings alle Spuren beseitigt. Das Gespenst blieb unauffindbar.

Philipp hielt plötzlich inne. Vor dem Portal der Familienkapelle machte er eine Entdeckung, die für die Detektive von Bedeutung sein sollte.

»Schaut mal hier! Ist das nicht ein merkwürdiger Spruch?«, grübelte er und wies Flo und Carolin auf die über der Tür eingemeißelten Worte hin.

»Einst brachten nachts Einspänner dreist geschlachtete Wachteln«, entzifferte Caro.

»Und darüber ein Totenkopf mit drei Zähnen«, warf Philipp ein.

»Wie gruselig! Was mag das wohl bedeuten?«, fragte Flo.

»Keine Ahnung«, antwortete Philipp. Nach kurzer Überlegung fuhr er fort: »Aber die einzelnen Wörter haben etwas miteinander gemein!«

»Du sprichst in Rätseln!«, wunderte sich Flo.

 Was verbarg sich in jedem der Wörter?

11. Des Rätsels Lösung

Caro und Flo staunten nicht schlecht, als Philipp ihnen aufzeigte, dass sich in jedem der Wörter eine Ziffer verbarg.

»1-8-8-1-3-8-8, genau so lautet die Ziffernfolge!«, enträtselte Philipp.

»Nicht schlecht«, antwortete Caro, »trotzdem wissen wir nicht, was dahintersteckt!«

»Vielleicht eine Telefonnummer«, gab Flo zu bedenken.

»Das kann nicht sein«, antwortete Philipp, »der Sinnspruch über dem Portal ist schon einige Hundert Jahre alt, also noch weit bevor das Telefon überhaupt erfunden wurde.« Das leuchtete ein.

Die Lakritzbande grübelte weiter. Plötzlich schaute Caro sich um und rief: »Ich hab's, ich kann euch verraten, was die Ziffernfolge vermutlich zu bedeuten hat und wo wir nun zu suchen haben!«

Welche Spur verfolgte Caro?

12. Im Reich der Toten

Philipp und Flo hörten gespannt zu. Es lag nahe, die Ziffernfolge mit dem Datum auf einem Grabstein in Verbindung zu bringen.

»Vermutlich wird hier des Rätsels Lösung sein«, meinte Caro, als sie ihre Freunde zum Grabstein von Bernardin vom Eulenmoor führte, der exakt am 18.8.1388 verstorben war.

Die Lakritzbande suchte den Grabstein ab. Zu ihrer Verblüffung entdeckte sie unmittelbar dahinter eine Luke. Philipp, Flo und Carolin öffneten sie mit vereinten Kräften und stiegen den schmalen Gang in das Reich der Toten hinab. Die schmalen Stiegen führten zu einem dunklen Raum, der in früheren Zeiten als Geschlechterfriedhof gedient haben musste.

»Hier ist es kalt und dunkel! Hui, mich gruselt es!«, flüsterte Flo.

Die Lakritzbande schaute sich um. Auf einmal hielt Philipp Flo am Arm zurück und sagte: »Hier ist auch tatsächlich der Totenkopf mit den drei Zähnen zu finden, der auch auf dem Portal der Kapelle dargestellt ist!«

 Wo war der gesuchte Totenkopf?

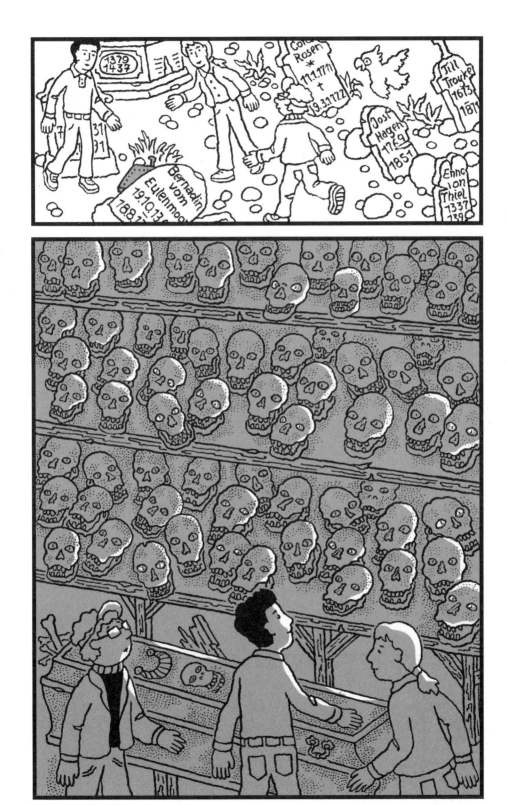

13. Eine findige Ungereimtheit

Der Schädel mit den drei Zähnen befand sich hinten als Zweiter von links in der mittleren Reihe. Trotz der Dunkelheit konnte Caro im Lichtschein, der durch die geöffnete Luke in die Gruft drang, unter diesem Schädel einen Gegenstand ausmachen. Vorsichtig tastete sie sich an ihn heran und zog ihn hervor. Es war ein alter gusseiserner Schlüssel. Caro nahm ihn an sich, ohne zu wissen, welche Tür sich womöglich damit später öffnen lassen würde.

Zurück in der Burg, erkundigte sich die Lakritzbande bei der betagten Schlossbewohnerin. Diese konnte sich jedoch keinen Reim darauf machen, was es mit diesem Schlüssel vom Geschlechterfriedhof auf sich haben könnte.

Gerade als Philipp, Flo und Carolin den langen Flur entlanggingen, um von dort die Treppe in ihr Mansardenzimmer hinaufzusteigen, machte Flo halt.

»Was hast du?«, fragte Carolin. Doch im selben Augenblick bemerkte auch sie, was Flo Besonderes auf dem Fußboden entdeckt hatte.

 Was war es?

14. Gespenstisches Labyrinth

Flo starrte unentwegt auf das Motiv der einen Bodenfliese, die nicht wie alle anderen, sondern um neunzig Grad gedreht im Boden eingelassen war.

»Schaut euch das an!« Bei näherer Untersuchung stellte Flo fest, dass diese Fliese nur lose im Zementbett lag.

Philipp holte sein Taschenmesser hervor, klappte es auf und schaffte es, die Fliese herauszuholen.

»Huch«, bemerkte er, »im Zementboden ist ein Kippschalter.« Philipp drückte auf den Knopf und sogleich setzte ein knarrendes Geräusch ein. Ein altes Wandgemälde klappte auf.

»Eine Geheimtür!«, rief Caro. Geistesgegenwärtig steckte sie den Schlüssel vom Geschlechterfriedhof ins Schloss.

»Tatsächlich, er passt!«, frohlockte sie.

Die Tür ließ sich öffnen, die Lakritzbande stieg eine Holztreppe hinab, bis sie auf eine aufgebrochene Truhe abseits des Ganges stieß. Sie muss unlängst von jemandem gewaltsam geöffnet worden sein, denn Flo entdeckte neben der Truhe das Tatwerkzeug, eine nahezu neue, spitzförmige Feile. Die Truhe war natürlich leer.

Philipp, Flo und Carolin gingen weiter, bis sie auf einmal vor einem Labyrinth aus unzähligen Treppen standen. Hinauf und hinab, ein einziges Wirrwarr an Stufen. Sie waren nicht wirklich begehbar. Ein Treppenlabyrinth als optische Täuschung, das hatte die Lakritzbande noch nicht gesehen. Flo staunte, blieb wie angewurzelt stehen und rief: »Seht, da ist wieder das Gespenst! Wie kommen wir dorthin?«

»Es gibt nur eine Möglichkeit!«, behauptete Caro.

 Welchen Weg meinte Caro?

15. Heiteres Burgfest mit Riechsalz

Sofort stiegen Philipp, Flo und Carolin die Treppe, die sich hinter ihnen befand, hinauf. Die nächste Treppe links führte unter dem Torbogen mit dem Wappenemblem hindurch. Wieder links die Stufen hinaufsteigend, erreichten sie keuchend das Podest. Vom Gespenst war nur noch ein Poltern zu vernehmen. Instinktiv rannten die Detektive eine Wendeltreppe hinauf, die vor einer Luke endete. Philipp stemmte sie auf und traute seinen Augen kaum. Er befand sich inmitten einer Grabkapelle, wo er für den Bruchteil einer Sekunde erneut das Gespenst sichtete. Dann klirrte es, noch ehe Caro und Flo hinzukamen.
»Vermutlich ist es dort durch das zerbrochene Fenster entkommen«, mutmaßte Caro und zeigte auf einen Scherbenhaufen.
»Das beweist wenigstens, dass das Gespenst irdischen Ursprungs ist«, äußerte Philipp. »Habt ihr schon mal ein Gespenst mit gestreiften Turnschuhen gesehen?«
Die Einwohner vom Eulenmoor fieberten dem Burgfest entgegen, das an diesem Wochenende stattfinden sollte. Die Lakritzbande lag auf der Lauer.
»Augen auf! Wer trägt hier weiße Sportschuhe mit zwei schwarzen Streifen?«, fragte Caro, als sie von folgender Nachricht überrascht wurden: Das Gespenst hatte wieder die alte Dame heimgesucht und sie derartig erschreckt, dass sie das Bewusstsein verloren hatte. Dieses Mal war eine starke Riechsalzdosis notwendig, damit die Frau erwachte.
Unterdessen blickte sich Philipp um und flüsterte: »Der dort ist das Gespenst!«

 Wen verdächtigte Philipp?

16. Flucht in den Burggraben

Für Philipp stand außer Frage, nur der Luftballonverkäufer konnte das Gespenst vom Eulenmoor sein. Philipp hatte ihn an den auffälligen Turnschuhen wiedererkannt. Das wurde zur Gewissheit, als sich die Lakritzbande ihm näherte. Denn plötzlich nahm der Luftballonverkäufer seine Beine unter den Arm und rannte davon. Auf der Flucht verlor er die gasgefüllten Ballons, die nun emporschwebten. Lediglich ein kleines Schatzkästchen hatte er unter seinem Verkaufsstand hervorgeholt, das er jetzt fest in seinen Händen hielt. Zweifellos stammte es aus der aufgebrochenen Truhe, die sich im Gewölbe unter der Burg befunden hatte. Er verschwand damit durch den Torbogen, lief über die Ziehbrücke und verließ die Burganlage. Philipp, Flo und Carolin hasteten hinterher, das »Gespenst im Straßenanzug« blieb in Sichtweite. Am Rande des Burggrabens saß es dann in der Falle.
»Kommen Sie raus. Wir wissen, wo Sie stecken!«, rief Philipp und ging auf die Tonne hinter dem Gebüsch zu, wo er die Hosenbeine des Mannes erkannt hatte.
Während Flo unterwegs bereits eine wichtige Beobachtung gemacht hatte, blickte Philipp verstohlen in die Tonne, in der Hoffnung, dort das Kästchen zu finden. Es war dort jedoch nicht auffindbar. Von dem Mann erntete Philipp nur ein breites Grinsen.
Carolin hingegen war gerade im Begriff, auf den Ziehbrunnen zuzusteuern, als Flo ihr entgegenrief: »Wetten, den Schatzkasten hat der Kerl schon anderweitig versteckt!«

 Wo vermutete Flo die Beute?

Jagd auf Dr. Struppek
1. Ankunft des Krimkowski

Volltreffer! Flo hatte den richtigen Riecher gehabt. Der Luftballonverkäufer hatte den Schatzkasten auf seiner Flucht unter dem kleinen Blumentopf versteckt, der jetzt umgestülpt am Wegesrand stand. Mit dem Taschenmesser, das Flo aus seiner Hosentasche zauberte, ließ sich die Schatulle tatsächlich öffnen. Lauter Kostbarkeiten kamen zum Vorschein. Als Kriminalkommissar Lars und Leo eintrafen, führten sie den Luftballonverkäufer ab. Während des Verhörs auf dem Kommissariat gestand der Mann, einziger Verwandter der Schlossherrin zu sein. Um vorzeitig ihr Erbe antreten zu können, habe er versucht, sie als Gespenst in Angst und Schrecken zu versetzen.
Zwei Wochen später war die Lakritzbande am Bahnhof von Neustadt unterwegs, wo sie direkt in einen Presseempfang platzte. Zu Ehren des bekannten Kuriositätensammlers Krimkowski hatten sich viele Journalisten eingefunden. Unter dem Blitzlichtgewitter der Fotografen stand Krimkowski mit seinem Koffer in der Ankunftshalle der Presse Rede und Antwort. Hochbrisante Fragen zu seinen neuesten Errungenschaften blieben jedoch unbeantwortet.
»Das bleibt vorerst mein Geheimnis!«, antwortete Krimkowski verschmitzt.
»Zu welchen Stationen hat Sie Ihre jetzige Reise bisher geführt?«, fragte einer der Reporter.
»Diese Frage erübrigt sich doch, wenn der Reporter nur genau hingeschaut hätte!«, flüsterte Philipp Flo und Carolin zu.

 Welche Ziele wurden der Reihe nach bereist?

2. Diebstahl aus der Suite 218

Von Berlin aus reiste Krimkowski über Helsinki — Oslo — London — New York — Zürich — Algier — Rom — Wien nach Prag. Von dort zurückgekehrt, ließ sich Krimkowski direkt ins Neustädter »Hotel Pisani« chauffieren. Dort hatte er sich für drei Nächte in der Suite 218 einquartiert. Doch ein Vorfall sorgte schon zeitig am nächsten Morgen für Turbulenzen. Die Lakritzbande trat sofort auf den Plan, als sie hörte, dass Krimkowski eine karierte Reisetasche gestohlen worden war. Das Hotel war bereits weiträumig von Polizisten abgeriegelt.

»Der Diebstahl soll sich vor etwa dreißig Minuten abgespielt haben«, flüsterte Philipp seinen Freunden zu, nachdem er den Wortwechsel zweier Beamter belauscht hatte.

»Was mag wohl in der Tasche gewesen sein?«, fragte Flo.

»Wenn ich das nur wüsste! Sicher hat der Täter schon das Weite gesucht«, antwortete Philipp, während er sich unweit des Hotels unter den vielen Menschen umschaute.

»Pustekuchen«, korrigierte ihn Caro, »dort hinten steckt der Dieb!«

  **Wo entdeckte Caro ihn?**

3. Fund in den Bergen

Während die örtlichen Polizeibeamten den Dieb im belebten Straßenviertel vermuteten, hatte Caro ihn mit dem gestohlenen Gepäck auf einem der Häuserdächer unweit des Hotels »Pisani« beobachtet.
»Haltet ihn!«, rief sie aus und zeigte auf die Person, die inzwischen hinter dem Türmchen auf dem Dach der Gastwirtschaft »Goldener Krug« in Deckung gegangen war. Doch ehe die Beamten den Dieb dort aufspüren konnten, war er wieder verschwunden.
Erst Tage später bekam der Fall neue Brisanz, als ein Bergführer das mögliche Diebesgut zwischen den Felsen entdeckt und der Polizei gemeldet hatte.
»Dort liegt die Reisetasche«, meinte der Bergführer am Hahnenkamm und wies mit seinem Zeigefinger auf den Fund.
»Wir müssen herausbekommen, was in der Tasche gewesen ist!«, meinte Flo.
»Der Dieb hat auf jeden Fall eine fette Beute vermutet!«, entgegnete Caro. »Seht, der Verschluss der Tasche wurde gewaltsam aufgebrochen. Die Kratzspuren sind nicht zu übersehen!«
»Stimmt, vielleicht hat die Person dafür ein Stück Holz oder einen Stein verwendet!«, mutmaßte Flo.
»Sicher nicht, der Verschluss wurde fachmännisch mit einem Werkzeug aufgehebelt, ich glaube, ich weiß auch womit«, meinte Philipp, als er auf etwas aufmerksam geworden war.

 Worauf war Philipps Augenmerk gefallen?

4. Die zerrissene Nachricht

Im Gebüsch hatte Philipp einen Schraubenzieher entdeckt. Er vermutete, dass er verwendet worden war, um das Schloss der Reisetasche gewaltsam aufzuhebeln.

Die Lakritzbande begab sich unverzüglich zurück zum »Hotel Pisani«, um Krimkowski aufzusuchen. Philipp, Flo und Carolin wollten ihn persönlich zu dem Tathergang des Diebstahls befragen.

»Komisch, seine Zimmertür ist nur angelehnt!«, meinte Philipp verdutzt, als er ans Portal der Suite 218 klopfen wollte. »Herr Krimkowski?«, rief er ins Hotelzimmer hinein, doch es antwortete niemand.

»Merkwürdig, keiner da und die Tür ist offen«, meinte Caro, die hinter Philipp und Flo die Hotelsuite betrat.

»Vermutlich hat Krimkowski es sehr eilig gehabt!«, mutmaßte Philipp, als er sich vorsichtig im Flur umschaute.

»Guckt mal hier!«, unterbrach ihn Caro, während sie einige Papierschnipsel aus einem Mülleimer fischte. »Eine handgeschriebene Notiz«, fuhr sie fort und versuchte, die Papierfetzen einander zuzuordnen, um die Nachricht zu entziffern.

»Auf geht's, ich weiß, wie die Nachricht lautet!«, rief Flo siegessicher und stürmte seinen Freunden voran aus dem Hotelzimmer.

 Wie lautete die Nachricht?

Tref
1?

Dri

nkt
r

gs-
stati
hens
ng

fpu
üh
tä

mit
Berg
Krä

on
pitze.
end!

5. Vorfall in der Gondel Nr. 19

»Treffpunkt 12.00 Uhr mittags – Bergstation Krähenspitze. Dringend!«, rief Flo seinen Freunden zu, während er die Treppen hinablief, um direkt die Hotelrezeption anzusteuern.
Der Portier ließ lediglich verlauten, dass Krimkowski, mit Tirolerhut, Trachtenjacke und einem Spazierstock ausgerüstet, vor etwa zwei Stunden das Hotel verlassen habe.
»Wir haben keine Zeit mehr zu verlieren«, meinte Philipp.
Die Detektive eilten die Dorfstraße entlang und auf die Talstation zu.
»Fünfundzwanzig Minuten bis zur Krähenspitze«, stellte Caro fest, als sie den Fahrplan der Seilbahn studierte.
»Rums« machte es, als die Gondel Nr. 19 über das Zahnradwerk in die Talstation einlief. Die Schiebetür öffnete sich automatisch, die Lakritzbande stand schon zum Einsteigen parat, als ihnen aus der Gondel heraus eine scheinbar leblose Gestalt entgegenfiel. Geistesgegenwärtig zogen Philipp, Flo und Carolin die Person mit vereinten Kräften aus der Kabine heraus.
»Krimkowski!«, rief Flo erstaunt.
»Er atmet«, stellte Philipp erleichtert fest.
Herbeigerufene Sanitäter der Bergwacht kümmerten sich sofort um den Verletzten.
»Habt ihr die Platzwunde an seiner Stirn gesehen?«, fragte Flo.
»Natürlich! Aber was mag der Grund des Überfalls gewesen sein?«, rätselte Philipp.
»Ganz klar«, entgegnete Carolin, die sich plötzlich an die Worte des Hotelportiers erinnerte, »den Grund kann ich euch verraten!«

 Was war Caro aufgefallen?

6. Entdeckung talabwärts

Merkwürdigerweise hat Krimkowski seit seiner Ankunft nie einen Spazierstock gehabt. Und ausgerechnet der, mit dem er das Hotel heute Morgen verlassen hat, ist ihm nun entwendet worden. Da steckt mehr dahinter!«, bemerkte Caro.

»Kommt, wir fahren nach oben zur Krähenspitze«, entschied Philipp, »vielleicht erfahren wir dort mehr!«

Und tatsächlich konnte ein Kellner des oben gelegenen Ausflugslokals der Lakritzbande eine entscheidende Information liefern. »Ja, einen Mann in Trachtenkleidung habe ich bedient«, gab der Angestellte den Kindern zu verstehen, »aber der war nicht alleine!«

»Wer war denn bei ihm?«, unterbrach ihn Philipp.

»Eine seltsame Person in einem hellen Kurzmantel, eng umschnürt mit einem Gürtel. Sein Gesicht war tief unter der Kapuze verborgen. Als hätte er etwas zu verbergen!«, antwortete der Kellner.

Allerdings hatte keine weitere Person einen Mann dieser Beschreibung von der Bergstation Krähenspitze hinabfahren sehen.

»Kommt, wir gehen zu Fuß den Wanderweg hinab«, schlug Caro vor.

Nach etwa der Hälfte der Wegstrecke hielt Philipp abrupt an. »Seht mal dort! Ich habe den Verdacht, dass die vom Kellner beschriebene Person auch diesen Weg hinunter zum Tal genommen hat«, bemerkte er scharfsinnig.

 Worauf fiel Philipps Augenmerk?

7. Der Mann im Visier

Zwischen den Sträuchern entlang des Pfades hatte Philipp einen Gürtel entdeckt. Ob allerdings der gesuchte Mann im Kapuzenmantel ihn verloren hatte, war zunächst ungewiss.
»Könnt ihr euch einen Reim darauf machen?«, fragte Caro ihre Freunde. »Zuerst wird eine Tasche geklaut und anschließend aufgebrochen vorgefunden. Krimkowski wird in einen Hinterhalt gelockt und überfallen. Währenddessen kommt ihm sein Spazierstock abhanden!«, fuhr sie fort.

»Stimmt, und das Opfer scheint beharrlich zu schweigen!«, ergänzte Philipp.
»Es gibt nur einen Grund. Da steckt eine ganz große Sache dahinter!«, entgegnete Caro.

Ganze drei Tage vergingen, bis sich in dem Fall etwas Neues ergab. Die Lakritzbande war gerade unterwegs, als Flo auf einmal ausrief: »Guckt mal! Nichts wie hinterher, dort hinten könnte doch tatsächlich der Kerl sein, den wir suchen!«

Welche Person hatte Flo im Visier?

8. Eine findige Beobachtung

»Da läuft er, er verschwindet gerade hinten rechts im Torbogen!«, rief Flo und zeigte auf den Mann mit dem Kapuzenmantel, in dessen Schlaufen ein Gürtel fehlte.

»Los, hinterher!«, forderte Philipp seine Freunde auf. Coco, der Kakadu, flog voran.

»Ich glaube, hier ist er entlanggegangen«, vermutete Flo, als er mit seinen Freunden den Kiosk an der nächsten Straßenecke erreicht hatte.

»Stimmt. Dort hinten ist er. Er hält einen Spazierstock. Vermutlich ist es der, den er Krimkowski zuvor in den Bergen entwendet hat«, bemerkte Caro.

Die Lakritzbande blieb dem Mann dicht auf den Fersen.

»Huch, wo ist er jetzt abgeblieben? Hoffe nicht, dass er uns wieder durch die Lappen gegangen ist. Ob er wohl Lunte gerochen hat?«, rief Flo enttäuscht.

»Keine Bange, er ist noch in Sichtweite! Aber... das ist ja merkwürdig!« Caro war erstaunt, als sie den gesuchten Mann erneut im Blickfeld hatte.

Was war Caro aufgefallen?

9. Ein rätselhaftes Pergament

Ganz klar, der Spazierstock hat es in sich!«, war sich Caro sicher. »Der Griff vom Stock lässt sich garantiert abschrauben!« Caro hatte bemerkt, dass das auffallend verschnörkelte Emblem eines Löwenkopfes auf dem Spazierstock plötzlich nicht mehr in die entgegengesetzte Richtung zum Griff zeigte.

Coco, der Kakadu, ließ sich auf das Gesims über dem Portal des Cafés »Zur großen Erleuchtung« nieder. Die Lakritzbande, die zuvor den gesuchten Mann dort hatte einkehren sehen, betrat das Café. Von der Brüstung der oberen Etage beobachteten die Detektive aus sicherer Entfernung die gesuchte Person.

»Siehst du was?«, fragte Philipp, während Flo durch seinen Feldstecher schaute.

»Kaum zu glauben, der Mann schraubt tatsächlich gerade den Spazierstock auf! Donnerwetter…!«, antwortete Flo verdutzt.

Einer weiteren Erklärung bedurfte es nicht. Es war nicht zu übersehen, der Mann zauberte aus dem schwarzen Stock ein Stück Pergament und dazu einen kleinen Schlüssel.

»Spann uns jetzt nicht auf die Folter, sag schon, was steht auf dem Papier?«, fragte Philipp ungeduldig.

»Ein einziger Name steht da drauf: Kaspar de Stutassen«, antwortete Flo kurz angebunden. »Dazu ein Zahlenrätsel! Lebensalter · 2 = ? + 6 = ? : 2 = ? - Lebensalter = ? + 10 = ?«

Beharrlich tüftelte die Lakritzbande an dieser Aufgabe, bis Philipp mit der Lösung aufwarten konnte. Er fand heraus, welche Bedeutung hinter dem kuriosen Namen steckte, und löste die Rechenaufgabe mit Bravour.

 Wie lautete des Rätsels Lösung?

10. Am Alten Gendarmenmarkt

»Sparkasse Neustadt«, trumpfte Philipp auf und ergänzte: »Die Lösung der Rechenaufgabe ergibt immer die Zahl 13!«
»Noch dazu der Schlüssel. Ich wette, es handelt sich um ein Tresorfach dieser betreffenden Bank«, mutmaßte Caro.
Philipp nickte, als plötzlich die von ihnen observierte Person im Café aufsprang, rasch die Rechnung beglich und davoneilte.
»Klarer Fall, auch er hat die Lösung des Rätsels herausgefunden!«, war sich Caro sicher, als sie den Mann jetzt zielstrebig auf die Sparkasse Neustadt zusteuern sah.

Nicht einmal zwanzig Minuten dauerte es, bis der Mann die Bank wieder verließ. Dieses Mal hielt er einen Beutel in seiner Hand und eilte zur Busstation.
»Nichts wie hinterher«, befahl Philipp seinen Freunden.
»Achtung, er steigt in den Bus Nr. 89!«, meinte Flo und mischte sich ebenfalls unter die Fahrgäste.
Die Lakritzbande behielt den Mann im Auge, bis er am Alten Gendarmenmarkt den Bus verließ und eilig auf eines der gegenüberliegenden Wohnhäuser zusteuerte.
»Hier ist er hineingegangen«, war Flo überzeugt und zeigte auf das Haus mit der Nummer 39.
Kriminalkommissar Lars und Leo, die über den Vorfall informiert worden waren, trafen kurz darauf ebenfalls dort ein.
»Seid ihr sicher, dass der Mann tatsächlich hier drin ist?«, fragte Lars, dem das Haus verlassen vorkam.
»Ganz sicher!«, antwortete Flo. »Auf jeden Fall hat sich in einem der Zimmer zwischenzeitlich jemand aufgehalten!«

Wie kam Flo darauf?

11. Cleverer Gaunertrick

»Das Zimmer war zwar die ganze Zeit unbeleuchtet, aber dennoch hat jemand die Tischlampe umgestellt«, erklärte Flo und deutete auf das Zimmer ganz oben links unter dem Dachstuhl. Die Detektive stiegen im dunklen Flur die Treppe hinauf. Wortlos zeigte Lars auf das Namensschild neben der Wohnungstür. Es war das Appartement eines gewissen Dr. Struppek.
»Aufmachen! Polizei!«, rief Kriminalkommissar Lars und pochte sehr eindringlich an die Tür, bis er die schlürfenden Schritte einer Person in der Wohnung vernahm.
»Was wollen Sie?«, fragte ein Mann unwirsch, nachdem er die Wohnungstür einen Spaltbreit geöffnet hatte.
Lars zückte seinen Dienstausweis, woraufhin ihm ohne Zögern Einlass gewährt wurde.
»Und was verschafft mir die Ehre Ihres Besuchs?«, fuhr der Mann schon etwas weniger forsch fort.
»Die Suche nach einem kleinen Beutel. Sicher werden Sie sich doch noch daran erinnern, dass Sie mit ihm die Sparkasse Neustadt verließen!«, half Lars seinem Gedächtnis auf die Sprünge.
»Keine Ahnung, wovon Sie reden. Bei mir verplempern Sie nur Ihre Zeit!«, brummte der Mann mit finsterer Miene.
Sollte er recht behalten? Die Durchsuchung der Wohnung brachte jedenfalls nichts zutage. Caro war aber aufgefallen, dass das Dachfenster nur angelehnt war. Einer inneren Eingebung folgend, rannte sie die Treppe hinab und auf den Gehweg vor dem Haus.
»Kommt schnell, der Mann hat uns ausgetrickst!«, rief sie in den Eingang des Hausflurs.

 Welchen Ganoventrick meinte Caro?

12. Mehr als einen Steinwurf entfernt

»Clever gemacht!«, gab Caro zu, als auch die restlichen Mitglieder Lakritzbande am Hauseingang eintrafen. »Der Kerl ist gewitzt! Er hatte den Beutel das kurze Stück über die Dachrinne im Regenabflussrohr nach unten auf den Fußweg gleiten la...!« Caro stockte der Atem. Vergeblich versuchte sie, den eben noch gesichteten Beutel wiederzufinden.

»Jemand muss ihn in Windeseile an sich genommen haben!«, warf Philipp ein und schaute in die Seitenstraße.

»Seht, da hinten läuft doch unser Ganove!«, rief Flo. »Er ist über die Feuerleiter geflüchtet!«

Ein alarmierter Ortspolizist konnte tatsächlich entlang des nahe gelegenen Kanals einen Mann festhalten, auf den die Beschreibung Dr. Struppeks zutraf.

»Mangels Beweisen musste ich ihn aber laufen lassen«, gab der Beamte Kriminalkommissar Lars zu verstehen.

»Genau hier am Ufer hatte ich ihn angetroffen und durchsucht«, erzählte der Beamte weiter, »aber — Fehlalarm!«

»Vermutlich wird sich Dr. Struppek zuvor des Beutels entledigt haben!«, gab Lars zu bedenken.

»Dr. Struppek ist schlauer, als wir dachten!«, warf Philipp ein. »Ich wette, rechtzeitig vor der Durchsuchung wurde der Beutel noch auf die andere Seite des Flusses befördert. Für einen Wurf wäre es allerdings viel zu weit gewesen.«

  Was hatte Philipp entdeckt?

13. Aus der Ferne im Visier

Volltreffer, Philipp!«, lobte Lars anerkennend, als auch er das Katapult zwischen den Brennnesseln im Ufergebüsch entdeckt hatte.

»Vielleicht ist es noch nicht zu spät«, meinte Lars. »Wir müssen dort drüben sofort die Böschung absuchen!«

Sichtlich peinlich berührt, von der flüchtenden Person ausgetrickst worden zu sein, forderte der Ortspolizist weitere Verstärkung für die Suche an.

»Auf geht's!«, rief er alsdann und verströmte Zuversicht. »Ganz in der Nähe können wir auf dem Holzsteg den Kanal überqueren und die gegenüberliegende Uferböschung absuchen!«

»Das können wir uns sparen. Wir kommen zu spät!«, warf Flo ein. »Seht, dort drüben liegt das gesuchte Säckchen und Dr. Struppek ist schon in Reichweite!«

 Wo war das gesuchte Säckchen?

14. Treffer an der Goldzahnbrücke

Flo sollte recht behalten. Noch ehe die Polizei den Holzsteg erreicht hatte, um den Fluss zu überqueren, hatte Dr. Struppek hinter den Bäumen Kurs auf das gesuchte Säckchen genommen, das im Gras lag. Dr. Struppek nahm die Beute rasch an sich und suchte dann ungehindert das Weite.

Nur dem puren Zufall war es zu verdanken, dass die Lakritzbande noch am gleichen Tag den Gauner erneut zu Gesicht bekam. Ausgerechnet an der Goldzahnbrücke geriet er ins Visier der Detektive.

»Potz Blitz, ich wette, das ist Dr. Struppek!«, rief Caro aus.

»Klar, nichts wie hin, dieses Mal darf er uns nicht wieder durch die Lappen gehen!«, spornte Leo seine Freunde an und lief voraus.

 Wo hielt sich die gesuchte Person auf?

15. Das Geheimnis wird gelüftet

Für den Bruchteil einer Sekunde war Dr. Struppek mit dem Beutel in der rechten Hand zu sehen, bevor er unter der Brücke hinter einer Tür in einem Raum verschwand.
»Verflixt, die Tür ist verschlossen!«, ärgerte sich Lars, als er mit seinen Freunden nur wenige Minuten später dort eintraf.
»Immerhin wissen wir jetzt schon mal, was sich in dem Beutel befinden könnte«, erläuterte Leo, der die Lakritzbande auf das kleine Hinweisschild im Schaufenster des Ladens aufmerksam machte. »N. Rosante! An- und Verkauf von Schmuck«, las er seinen überraschten Freunden vor.
Der Fall nahm zur Verblüffung aller jedoch noch an diesem Abend eine Wende. Im Kriminalkommissariat klingelte das Telefon. Es war Nelly Rosante höchstpersönlich.
Die Lakritzbande traf wenig später erneut an der Goldzahnbrücke ein. Dieses Mal wurde ihr zum Geschäft Einlass gewährt.
»Stellen Sie sich vor, Herr Kriminalkommissar«, berichtete Nelly Rosante, »ich hätte soeben das Geschäft meines Lebens machen können! Mir wurde doch tatsächlich die seit Langem vermisste Schmuckgarnitur der Kira von Katschinsky angeboten! Es handelte sich um ein Paar Ohrringe, die Halskette und das Diadem. Zum Schein wollte ich auf den Handel eingehen. Leider jedoch war der Unbekannte auf den Zeitungsartikel aufmerksam geworden, der bei mir auf dem Tisch lag – und dort übrigens auch immer noch liegt. Während ich Sie heimlich anrief, hat er mit seiner gesamten Beute wieder das Weite gesucht!«
»Nicht ganz! Einen Teil der Schmuckgarnitur hat der Täter im Eifer des Gefechts übersehen«, war sich Flo sicher.

 Worauf spielte Flo an?

Das »Gasthaus zur blauen Laterne«
1. Beobachtung auf offener Strecke

Dort ist einer der beiden Ohrringe! Er gehört zweifellos zur Garnitur!«, rief Flo und deutete auf das unter dem runden Tisch neben der Hutschachtel liegende Schmuckstück.
Vermutlich war es von dem Mann bei seiner überstürzten Flucht zurückgelassen worden. Dennoch wurde der Fall zunächst zu den Akten gelegt, da der verdächtige Mann unauffindbar blieb und auch der Kuriositätensammler Krimkowski sich in Schweigen hüllte.
Drei Tage später am Nachmittag schnaufte und ratterte die Eisenbahn mit der Zug-Nr. 537 über die Schienenstränge. Das unüberhörbare Signal des Lokführers ertönte, es verblieben noch etwa dreihundert Meter bis zur nächsten Tunneleinfahrt. Doch plötzlich drosselte der Zug die Geschwindigkeit und kam noch vor dem Tunnel zum Stehen.
»Warum halten wir mitten auf der Strecke?«, fragte Caro.
»Vielleicht sind wir schon in Mönchsteufelberg«, meinte Flo.
»Nein, wir kommen dort erst um kurz nach sechs Uhr an«, versicherte Philipp, während er ungläubig durch das Fenster schaute. »Seht, auf den Bahngleisen liegt ein Baumstamm! Und schaut, da hat doch jemand die Gelegenheit beim Schopfe gepackt und mit Sack und Pack den Zug verlassen!«, konstatierte er verwundert. Sein Blick heftete sich auf die Person, bevor sie gänzlich verschwand.

 Wo war die mysteriöse Person?

2. Verräterische Radspuren

Philipp schaute auf seine Uhr. Mit einer Dreiviertelstunde Verspätung erreichte der Zug den Bahnhof von Mönchsteufelberg. »Ob es wohl ein Zufall war, dass jemand während der Fahrtunterbrechung den Zug verlassen hat?«, fragte Flo stirnrunzelnd, als die Lakritzbande durch die Bahnhofshalle schritt.
»Vielleicht hatte diese Person einen Komplizen, der den Baumstamm zuvor auf die Gleise gelegt hat«, meinte Philipp.

Philipps Vermutung bestätigte sich am nächsten Morgen. Der Baumstamm war mit einer Axt geschlagen und somit vorsätzlich über den Schienenstrang gelegt worden. Und unweit der Gleise, wo Philipp tags zuvor die Person mit ihrem Rucksack gesichtet hatte, entdeckte er auf dem Sandboden neben Hufspuren auch die tiefen Furchen eines Pferdewagens.
Auffällig an den Furchen der Radspuren war die Fahrseite. Caro bemerkte, dass eines der rechten Kutschräder mit einem Metallbolzen zusammengehalten werden musste, da sich nach jedem Radumlauf dieses Metallstück besonders tief im Erdboden eingedrückt hatte. Die Lakritzbande brauchte nur den Radspuren zu folgen.
In einem nahe gelegenen Dorf entdeckte Flo das gesuchte Fuhrwerk in einem Schuppen, der an ein düsteres Gasthaus grenzte.
»In der Kutsche liegt nur lauter Gerümpel!«, rief er und wies auf die leeren Kartons, diverse Holzleisten, Dosen, ein altes Fass und eine geflickte Decke.
»Da gibt es aber noch etwas Persönliches!«, ergänzte Caro.

 Worauf fiel Caros Augenmerk?

3. Entdeckung im Gasthaus

Es war ein Tabakbeutel mit der Initiale »T.«, den Caro zwischen dem Gerümpel hinter dem Kutschbock des Fuhrwerks entdeckt hatte.

»Mit Sicherheit gehört er einer der beiden Personen, die gestern mit diesem Vehikel gefahren sind«, war Philipp überzeugt. Bewusst ließ die Lakritzbande den Beutel an der gleichen Stelle zurück, denn sie war sich sicher, der Besitzer würde früher oder später seinen Verlust bemerken und an den Fundort zurückkehren.

Doch während sich Philipp, Flo und Carolin gegenüber dem Gasthaus in einem zerfallenen, leer stehenden Haus verschanzten, musste jemand bereits den Tabakbeutel aus der Kutsche entwendet haben.

»Wir waren nur einen kurzen Moment weg!«, ärgerte sich Caro später, als sie mit Philipp und Flo durch das Fenster in das inzwischen vom Petroleumlicht spärlich beleuchtete Gasthaus schaute.

»Lauter üble Gestalten!«, bemerkte Philipp stirnrunzelnd.

»Wie recht du hast«, pflichtete Flo ihm bei, »aber die Person, die wir suchen, ist immerhin mit von der Partie!«

 **Wen meinte Flo?**

4. Geheime Botschaft

Der beweisträchtige Tabakbeutel gehörte ohne Zweifel der Person, die Flo Pfeife rauchend im Gasthaus hinter dem Vorhang in der Nähe der Theke entdeckt hatte.

»Zu dumm, dass man sein Gesicht nicht erkennen kann!«, ärgerte sich Flo.

»Alles dunkel! Hier scheint heute Ruhetag zu sein. Der Kerl von gestern wird sich wohl nicht mehr blicken lassen«, flüsterte Caro, als sie mit ihren beiden Freunden auch am darauffolgenden Tag Stellung bezogen hatte, um das Gasthaus zu beobachten.

»Schaut, die Laterne leuchtet auf!«, rief Philipp plötzlich. »Es ist Punkt fünf Uhr!«, ergänzte er, als er an diesem Spätnachmittag im grellen Lichtschein der blauen Laterne auf das Ziffernblatt seiner Armbanduhr schaute.

Die Lakritzbande harrte weiter aus. Plötzlich erlosch das Licht der Laterne. In unregelmäßigen Abständen flackerte es jedoch immer wieder auf. Danach erlosch die Laterne gänzlich.

»Vermutlich ein Kurzschluss! Wir müssen der Sache auf den Grund gehen«, empfahl Caro und steuerte mit Philipp und Flo auf das Gasthaus zu.

Philipp kletterte auf eine verschlossene Regentonne und schaute durch ein angelehntes Fenster in einen dunklen Raum. »Das war kein Kurzschluss! Vielmehr hat jemand mithilfe des Laternenlichts eine geheime Botschaft übermittelt!«, war er sich sicher.

102 |  Wie kam Philipp darauf?

5. Gespräch unter vier Augen

Philipps Blick war auf den Schriftzug »Morse-Alphabet« gefallen, den er auf dem Rücken des Buches entdeckt hatte, das sich neben dem Spiegel oben auf dem Regal befand. Darüber hinaus entdeckte Philipp einen Kippschalter an der Wand, mit dem vermutlich das Laternenlicht nach Belieben ein- und ausgestellt werden konnte.

»Haltet Wache!«, flüsterte Philipp seinen Freunden zu und stieg durch das geöffnete Fenster in das unbeleuchtete Zimmer. Er griff sich das Buch und schrieb in Windeseile den Morsecode für jeden einzelnen Buchstaben des Alphabets ab. Philipp war bereits im Begriff, den Rückzug anzutreten, als er Schritte auf dem knarrenden Holzfußboden im Flur vernahm, die genau vor der Zimmertür anhielten. Ihm stockte der Atem. Leise, aber schnell flüchtete er durch das Fenster nach draußen und sprang von der Regentonne auf den Erdboden.

»Das war knapp!«, stellte Philipp fest, als er sich mit Flo und Caro im Gebüsch versteckte.

Von dort beobachtete die Lakritzbande eine Person im Erdgeschoss des Gasthauses.

»Es ist die Wirtin. Sie wird es gewesen sein, die zuvor in den ersten Stock hinaufgestiegen ist, denn sie scheint die einzige Person im Haus zu sein!«, bemerkte Flo.

»Pustekuchen! Stellt euch vor, die Wirtin hat zwischenzeitlich Besuch bekommen«, bemerkte Caro, nachdem sie erneut einen Blick in das geheimnisvolle Gasthaus geworfen hatte.

 Woran hatte Caro das erkannt?

6. Treffpunkt Bahnhof

»Von einer zweiten Person ist doch weit und breit nichts zu sehen«, meinte Flo irritiert.
»Stimmt! Aber das zweite Trinkglas, das neben der Flasche auf dem Tisch links in der Gastwirtschaft steht, lässt darauf schließen, dass sich eine weitere Person im Gasthaus eingefunden haben muss«, war Caro überzeugt.
Doch auch heute bekam die Lakritzbande diese Person nicht zu Gesicht.

Ganze drei Tage vergingen, bis der Fall eine Wende nahm. Die Lakritzbande observierte einen Mann, der schnurstracks auf den zwischenzeitlich geleerten Fuhrwagen im Schuppen des Gasthauses zusteuerte und zwei Pferde vorspannte.
Auf dem Kutschbock sitzend, gab der Mann kurz darauf mit schnalzendem Laut und dem Auf- und Abschwenken der Zügel den Pferden den Befehl, in rasantem Tempo loszutraben.
Mit ihren geliehenen Drahteseln konnten Philipp, Flo und Carolin hingegen dem Fuhrwerk nur aus der Ferne folgen. Für sie war jedoch klar, es nahm Kurs auf den Bahnhof Mönchsteufelberg. Das lautstarke Getöse eines herannahenden Zuges ließ die Lakritzbande schneller in die Pedale treten.
»Auf wen der wohl wartet?«, fragte sich Caro, unmittelbar nachdem die Lakritzbande am Bahnhof eingetroffen war.
»Komisch! Er fährt allein wieder zurück«, meinte Philipp, der die vielen ein- und aussteigenden Menschen beobachtete.
»Aber seht doch, einen Fahrgast muss der Kutscher getroffen haben!«, entgegnete Flo.

 Welche Person meinte Flo?

7. Lichtsignale der blauen Laterne

Flo hatte die auffällig gemusterte Reisetasche auf dem Fuhrwerk entdeckt, die ihm verriet, wen der Kutscher am Bahnhof erwartet hatte. Es war der Mann mit der schwarzen Baskenmütze, der nach Ankunft des Zuges das betreffende Gepäckstück dem Kutscher übergeben hatte.

»Vermutlich hat der seltsame Fahrgast noch vor der Weiterfahrt den Zug wieder bestiegen!«, ergänzte Philipp, denn er hielt vergebens nach ihm Ausschau.

Zurück am »Gasthaus zur blauen Laterne«, bezog die Lakritzbande erneut in dem Haus gegenüber Stellung. Zwanzig Minuten vergingen, ohne dass etwas passierte. Aber dann rief Caro aufgeregt: »Schaut, das Licht der Laterne flackert wieder!«

Die Detektive verfolgten genau die zeitliche Abfolge des an- und ausgehenden Lichtes und Philipp notierte folgenden Code:

.— —.—. .... — ..— —. ——.

...— .— ... .

. .. —. ——. . — .—. ——— .—. ..—. . .—.

Anschließend versuchten sie, die geheime Botschaft anhand des Morsealphabets zu entschlüsseln.

»Ich hab's!«, meinte Philipp. »Soll ich euch verraten, wie die Nachricht lautet?«

 Wie lautete die geheime Nachricht?

8. Ein später Gast

Die Lakritzbande war sich allerdings weder sicher, was es mit der übermittelten Nachricht »Achtung — Vase eingetroffen« auf sich hatte, noch waren sich die jungen Detektive darüber im Klaren, an wen die Botschaft gerichtet war.
Die Lakritzbande wartete also in ihrem Versteck ab. Tatsächlich konnten Philipp, Flo und Carolin bei Einbruch der Dämmerung eine von der Küste kommende dunkle Gestalt ausmachen.

»Ob das die Person ist, an die die geheime Botschaft gesendet worden ist?«, fragte sich Philipp.
Die Person kam näher, bis sie vor dem »Gasthaus zur blauen Laterne« haltmachte. Dreimal klopfte die Gestalt an der Eingangstür, bis diese einen Spaltbreit geöffnet wurde und der Ankömmling im Gasthaus verschwand. Da es draußen nebelig war, war der abendliche Gast nur schemenhaft zu erkennen. Aber seine Silhouette war so markant, dass es nur eine Frage der Zeit sein konnte, bis diese Person der Lakritzbande wieder über den Weg laufen würde.
Der Zufall kam der Lakritzbande schon am nächsten Tag zu Hilfe. Frühmorgens war sie auf dem Wochenmarkt unterwegs, als Caro freudig erregt ausrief: »Ich bin mir sicher, dort ist die Person, die gestern Abend ins ›Gasthaus zur blauen Laterne‹ eingekehrt ist!«

Welche Person verdächtigte Caro?

9. Beobachtung an der Küste

Caro war sich sicher, der späte Gast von tags zuvor befand sich an diesem Morgen vor dem Stand des Scherenschleifers. Nicht nur seine markante Gestalt überführte ihn, er trug auch die gleiche Kleidung wie am Vorabend.
»Ob hier am Markt ein Treffpunkt vereinbart wurde?«, fragte sich Flo.
»Da bin ich mir nicht sicher. Aber kommt mit, der Mann läuft auf die Küste zu!«, bemerkte Philipp, der mit Flo und Carolin dem Vorauseilenden dieses Mal dicht auf den Fersen blieb.

»Stimmt, ich wette, er will zur gegenüberliegenden Insel übersetzen«, ergänzte Caro, als sie die Meeresbucht erreichten.
»Wie recht du hast. Das dort ist vermutlich auch sein Boot«, ergänzte Flo.

 Wo entdeckte Flo das Boot?

10. Fahrt zur Insel

Tatsächlich steuerte der Mann hinten am Strand auf die vier spitzen Felsen zu, die aus dem Meer ragten und hinter denen der Bug eines Bootes und die Ruderblätter zu sehen waren.

»Den holen wir nicht mehr ein«, resignierte Caro, als die Detektive den Mann auf das offene Meer hinausrudern sahen.

»Los, dorthin geht's!«, befahl Philipp und deutete auf den Anlegesteg, der sich hinter den Felsen bei der Strandbuhne befand.

Dort angekommen, überredeten die Detektive einen Bootsmann, sie zur Insel überzusetzen.

»An eurer Stelle würde ich da ja nicht hinfahren«, erwiderte dieser, lenkte jedoch ein, nachdem er feststellen musste, dass die Lakritzbande von ihrem Vorhaben nicht abzubringen war.

Bei rauem Wellengang auf der Insel angekommen, nahm der Bootsmann wieder Kurs zurück auf Mönchsteufelberg.

»Was meint ihr, ob die Lichtsignale wohl vom Gasthaus aus hierher gesendet worden sind?«, fragte Caro, als sie mit Philipp und Flo den schmalen Pfad hinauf zur Insel erklomm.

»Wäre schon möglich. Verstecke gibt es hier jedenfalls zuhauf, um Signale zurücksenden zu können, ohne sich zu verraten«, meinte Flo.

»Volltreffer, ihr habt den richtigen Riecher gehabt«, bestätigte Philipp. »Eine der vielen Höhlen hat wohl tatsächlich als Versteck gedient. Und da liegt auch der Beweis, dass tatsächlich von hier Leuchtsignale zurückgesendet worden sind!«

Welchen Beweis entdeckte Philipp?

11. Zeugin gesucht!

Philipps Beobachtung konzentrierte sich auf die Taschenlampe, die er unweit einer Felsenhöhle zwischen den Steinen entdeckt hatte. Dabei ließ er seinen Blick über das Wasser hin zum »Gasthaus zur blauen Laterne« schweifen, das auf dem gegenüberliegenden Festland nicht zu übersehen war.
»Was gibt's?«, fragte Philipp, als er in ebendiesem Moment einen Anruf von Kriminalkommissar Lars auf seinem Mobiltelefon erhielt.

Lars teilte ihm mit, es gäbe auf der Insel eine bisher unbekannte Zeugin, die bereit sei, die Lakritzbande, wenn möglich sofort, am Brunnen »Zum goldenen Hering« zu treffen. Sie wolle ihnen Einzelheiten in der Sache »Gasthaus zur blauen Laterne« mitteilen.
»Dann nichts wie hin!«, rief Philipp und steuerte mit seinen Freunden sofort das neue Ziel an.
»Woran werden wir die Frau denn erkennen?«, fragte Flo.
»Sie hat ihren Namen nicht genannt, aber angegeben, ein auffallend großes Muttermal auf ihrer rechten Wange zu haben«, antwortete Philipp.
Eine Viertelstunde später traf die Lakritzbande am Brunnen ein, doch konnten sie die Zeugin zunächst nicht entdecken.
»Vielleicht hat sie doch kalte Füße gekriegt«, mutmaßte Philipp.
»Irrtum, dort ist sie!«, widersprach Caro und wies auf die gesuchte Person.

  Wo war die Zeugin?

12. Ein rätselhafter Hinweis

Caro steuerte schnurstracks auf den Tisch zu, der links vom Ausflugslokal im Schatten der Bäume stand.
»Das muss sie sein!«, war sich Caro sicher.
Aber als die Lakritzbande dort ankam, war die Verblüffung groß: Von der Frau war nichts Weiteres zu erfahren. Sie wirkte auffallend schläfrig und stammelte nur wenige unverständliche Worte.

»Vielleicht wurde sie betäubt!«, vermutete Philipp und spielte auf die Person an, die zuvor mit der Frau am Tisch gesessen hatte und vermutlich in einem unbeobachteten Moment etwas in das Getränk der Frau gegeben haben musste. Dafür sprach, dass dieser Übeltäter bereits das Weite gesucht hatte.

Erneut versuchte die Frau, der Lakritzbande etwas mitzuteilen. Gespannt lauschten Philipp, Flo und Carolin ihren Wortfetzen. »Su – das – cht – Ha – der – us – schwar – Ech – zen – se – auf!«, brachte sie nur unzusammenhängend hervor.
»Ich habe kein Wort verstanden«, meinte Philipp wenig später, als sich die Frau bereits in ärztlicher Obhut befand.
»Diese wichtige Information, die sie uns mit auf den Weg geben wollte, war für sie ganz schön folgenschwer«, bedauerte Caro.
»Holla, jetzt weiß ich, was sie uns sagen wollte. Ich weiß auch genau, wo wir jetzt zu suchen haben!«, behauptete Flo, als er mit seinen Freunden auf dem Rückweg zur Küste ein Dorf passierte.

 Welches Ziel hatte Flo?

13. Ein markantes Zeichen

Sucht das Haus der schwarzen Echse auf!« Flo fiel es dabei wie Schuppen von den Augen. »Seht, dort ist es. Nichts wie hin!«, fuhr er fort. Er zeigte auf den Giebel eines Hauses, auf dem eine schwarze Echse prangte und der sich direkt hinter dem Haus mit der Nummer 5 befand.

»Tatsächlich, die schwarze Echse. Aber gut getarnt. Das Emblem hat starke Ähnlichkeit mit der gusseisernen Verzierung auf der linken Seite des Giebels!«, erkannte auch Caro, als sie, direkt vor dem Haus stehend, emporschaute.

»Merkwürdig, woher kenne ich das Zeichen nur?« Philipp runzelte die Stirn.

»Scheint keiner da zu sein!«, unterbrach Flo Philipps Gedanken, während er bereits durch eines der Fenster in das Innere des Hauses spähte.

»Potz Blitz, ich hab's!«, fiel es da Philipp wie Schuppen von den Augen. »Dahinter soll doch eine Diebesbande stecken, die vor etwa sechs Monaten eine Vase des berühmten Bildhauers Ludwig Brenneisen aus der ›Galerie Samson‹ gestohlen hat!« Gespannt schaute jetzt auch Philipp durch das Fenster ins Innere des Hauses und rief aufgeregt: »Ich glaube sogar, ich habe recht! Der Signatur nach könnte das zumindest die gestohlene Vase sein.«

Wo vermutete Philipp das Diebesgut?

14. Blick in die Fälscherwerkstatt

Schaut, da auf der Unterseite der Vase sind die Initialen ›L. B.‹!«, ereiferte sich Philipp, der das Diebesgut aus der »Galerie Samson« hinter der Holzleiter liegend entdeckt zu haben glaubte. Philipp betrat als Erster das Haus.
»Eine wahre Goldgrube!«, ergänzte Caro, als sie nun auch noch eine Reisetasche in den Händen hielt.
»Aber das ist doch die Tasche, die der Kutscher neulich vom Bahnhof Mönchsteufelberg abgeholt hat!«, stellte Flo fest.
Caro öffnete und durchsuchte die Tasche.
»Nichts drin, bis auf eine kleine Scherbe«, bemerkte Caro.
»Zeig mal her!«, rief Philipp und begutachtete das kleine Stück Keramik. »Das muss ein Teil eines Henkels von der Vase sein!«, fuhr er fort und ließ das Beweisstück in seine Hosentasche gleiten.
»Fehlalarm«, rief Caro, die bereits die hinter der Leiter liegende Vase untersuchte, »diese hier ist einwandfrei!«
Flo hingegen war bereits die Leiter nach oben gestiegen, wo er eine unglaubliche Entdeckung machte. »Schaut euch das an!«, rief er und kam aus dem Staunen nicht heraus. Im oberen Geschoss des Hauses lag und stand eine Unmenge an Vasen, alle trugen sie auf der Unterseite die Initialen des Bildhauers »L. B.«.
»Wir haben es mit einer Fälscherbande zu tun!«, entfuhr es Flo.
»Vermutlich hast du recht«, meinte Philipp. »Alles makellose Kopien! Ich wette, das Original ist neulich in der Reisetasche transportiert und dabei vermutlich leicht beschädigt worden!«
»Erraten!«, rief Caro. »Dort ist das Original!«

  Wo war das Original?

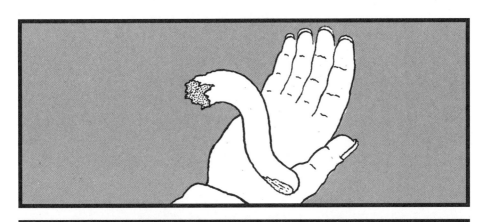

15. Überraschende Erkenntnis

»Tatsächlich, die kleine Scherbe passt!«, stellte Philipp fest, als er sie an einen der beiden Henkel der Originalvase des Bildhauers Ludwig Brenneisen hielt, die sich in der vorletzten Reihe rechts vom Dachgebälk befand.

»Pst!«, flüsterte Flo, der von unten plötzlich Stimmen vernahm. Schnell versteckten sich die drei unter einem Tisch, über dem eine große Decke lag. Schritte näherten sich.

»Hast du wirklich alle Ecken abgesucht?«, ertönte plötzlich die Stimme einer Person.

»Klar, Chef, aber das Teil hat sich in Luft aufgelöst«, antwortete eine andere. »Wir müssen das Original später ausbessern!«

»Trottel!«, entgegnete der Chef barsch und ergänzte: »Sieh zu, dass der ganze Krempel hier verschwindet! Die Sache wird mir allmählich zu heikel. Wenn nur eine einzige Vase abhandenkommt, dann weißt du, was dir blüht. Das Original bleibt hier!«

Philipp lugte unter der Tischdecke hervor. Die Burschen kannte er. Chef der Bande war der Kutscher, die anderen Beteiligten waren seine Handlanger.

Während die auffälligen Vasen mit den drei schwarzen Streifen umverladen wurden, verharrten Philipp, Flo und Carolin in ihrem Versteck. Per Mobiltelefon informierten sie Lars und Leo. Und die erschienen rechtzeitig vor Abtransport der Ware.

»Fälscherring in flagranti erwischt! Diebstahl aus der ›Galerie Samson‹ aufgeklärt. Alle Vasen sichergestellt!« war tags darauf in der Zeitung zu lesen. Der Fall schien abgeschlossen, allerdings machte Flo Wochen später auf einem Antikmarkt eine überraschende Beobachtung.

 Worauf wurde er aufmerksam?

16. Die letzte Fälschung

Einer aus der Fälscherbande scheint doch tatsächlich noch auf freiem Fuß zu sein!« Flo traute seinen Augen kaum. Er spielte auf den kleinen rundlichen Verkäufer an, dessen Verkaufsstand sich vor dem Säulengang rechts befand und der dort eine der gefälschten Vasen des Bildhauers Ludwig Brenneisen zum Verkauf anbot. »Bei dem Pressewirbel in letzter Zeit hat er sie lieber vorsorglich unter den Ladentisch gestellt!«
»Aber es hieß doch, dass alle Fälschungen sichergestellt worden seien«, wandte Caro ein.
»Anscheinend ist doch eine in Umlauf gekommen«, entgegnete Philipp. Er zögerte keinen Augenblick und verständigte Lars und Leo.
Noch rechtzeitig vor ihrem Verkauf konnte die Vase sichergestellt und der Verkäufer zum anschließenden Verhör auf das Kommissariat gebracht werden.

Inhalt

Roter Butt auf Diebestour 6

Das Gespenst vom Eulenmoor 34

Jagd auf Dr. Struppek 66

Das »Gasthaus zur blauen Laterne« 96

Zur Person
Julian Press

Foto: © privat

Julian Press, Jahrgang 1960, studierte in Hamburg an der Fachhochschule Grafik und Illustration, hat in einem Jugendbuchverlag volontiert und war dann für Jugendzeitschriften und in einer Werbeagentur tätig. Schon bald begann er, selbst für Kinder zu schreiben und zu zeichnen. Er trat früh in die Fußstapfen seines Vaters, Autor der berühmten »Schwarzen Hand«, und begann eigene Ratekrimis und Wimmelbilder zu entwerfen. Nach längerem Aufenthalt in Brüssel lebt er heute mit seiner Frau als freier Grafiker und Autor in Hamburg. Seine sehr lebendigen interaktiven Lesungen sind bei kleinen und großen Spürnasen sehr beliebt.

Von Julian Press sind außerdem bei cbj erschienen:
Finde den Täter! — Operation Goldenes Zepter
Finde den Täter! — Tatort Krähenstein
Finde den Täter! — Der Fluch des schwarzen Schützen
Finde den Täter! — Aktion gelber Drache
Finde den Täter! — Geheimbund rote Koralle
Finde den Täter! — Das Geheimnis der schwarzen Dschunke